Para Barbie

Puedes consultar nuestro catálogo en www.picarona.net

BRUNO Y BELLA. LA CLASE DE BAILE
Texto e ilustraciones: *Judy Brown*

1.ª edición: mayo de 2019

Título original: *Bruno and Bella. Dance class*

Traducción: *Verónica Taranilla*
Maquetación: *Isabel Estrada*
Corrección: *Sara Moreno*

Edita: Picarona, sello infantil de Ediciones Obelisco, S. L.
Collita, 23-25. Pol. Ind. Molí de la Bastida
08191 Rubí - Barcelona - España
Tel. 93 309 85 25 - Fax 93 309 85 23
E-mail: picarona@picarona.net

ISBN: 978-84-9145-242-3
Depósito Legal: B-28.703-2018

Printed in China

Bruno y Bella

LA CLASE DE BAILE

Judy Brown

 Picarona

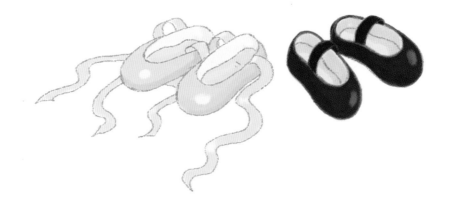

Bella quería aprender a bailar.

—¡Apuntémonos a la clase! –dijo.

Bruno no estaba seguro
de querer ir.

—¡Será divertido! –dijo Bella–.
¡Y podremos participar en el festival!

Así que fueron los dos juntos.
La primera semana practicaron ballet.

A Bella no se le daba bien
el ballet.

La segunda semana
practicaron bailes
de salón.

A Bella tampoco se le daban bien
los bailes de salón.

La tercera semana
practicaron claqué.

El claqué fue un desastre.

Las cosas no mejoraron
después de eso.

Bella le dijo a la profesora que no volvería a sus clases.

Bella estaba decepcionada.

—Me gustaría que se me diese
mejor el baile –dijo–. Quería participar
en el festival.

—Quizás puedas
apuntarte a otra
clase –dijo Bruno.

Bella esperaba
fuera y miraba bailar
a los demás.

Estaba aburrida.

Pero entonces descubrió algo
que parecía interesante.

Fue a ver de qué se trataba.

Era una clase de arte
y parecía que se divertían.

—¡Únete a nosotros!
–dijo la profesora.

Bella lo hizo. ¡Y le encantó! ¡Y no sólo eso,
Bella era muy buena pintando!

Algunas semanas después, los cuadros de Bella
estaban expuestos para que todos los vieran.

A Bella no le importó no participar
en el festival, **¡disfrutó** viéndolo!

Y Bruno…

¡Bruno bailó un solo!

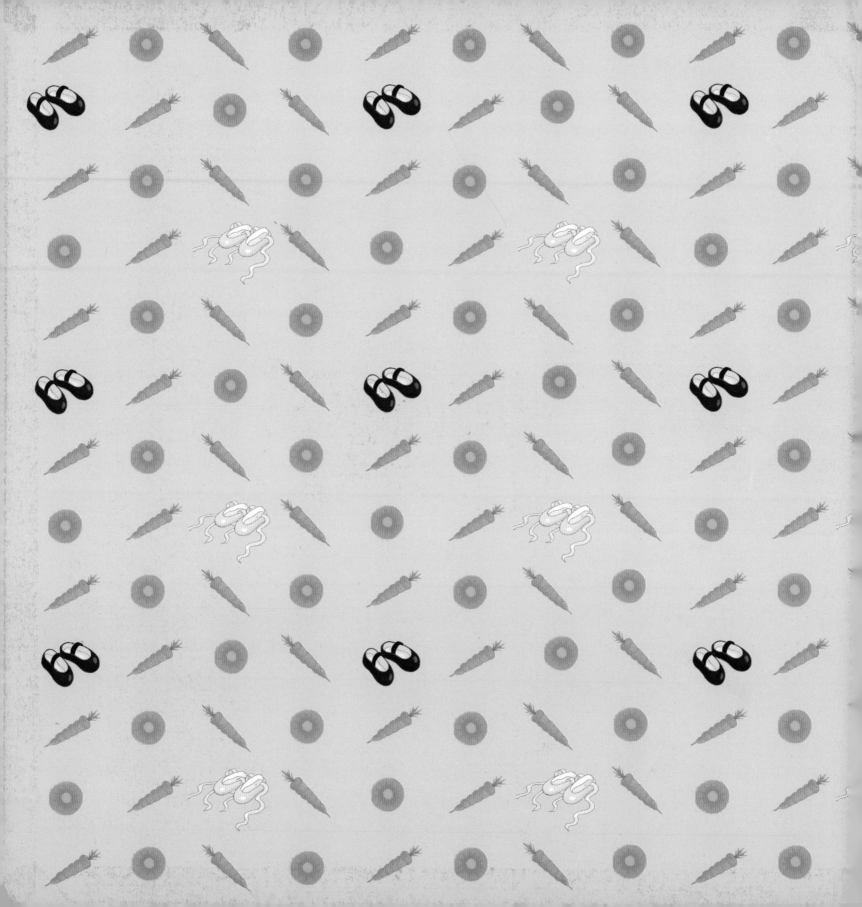